情話
陳綺 著

序言

序《一》 愛與美的詩、讀《情話》

熱愛創作的 陳綺
繼【幸福】之後，又推出了第四本好書。

她認真、努力、執著的心
再次成就了【情話】一書。
一直以來 陳綺 總是藉由感恩之心
創作不少詩詞，
並給予不同的新生命。

序言

情愛、在她筆下，
或許時空轉移，但是無處不在的熱情。
她追求，真與自然秩序的賜予中，
用文詞樣態的交替，
繁生出蔓延無邊的愛與美的詩情。

拭不乾的淚/牽腸每一個夜晚的思念
永恆的戀情/尋找/夢開始的回憶

你輕輕閱讀/我愛情的秘密/淚好暖
無法假裝/思念是一種美
終究/我們許下了/不凡的誓言

情話

請給我一次/善意的微笑
感受我/最濃烈的相思
只希望你別帶來太多的失望
我不需要未來
只想看見你明天的目光

越過你/防範嚴密的曖昧
恍如/你是我熟悉的王國
任性地/只為一生與你
洩露我所有的秘密

每一個不同的生命，在悲願的情緣中，
如風雨般，莽莽蒼蒼地永存信念。

序言

愛是美麗的、詩情是靈動的。
這些詩句，在含蓄與自然中體現出，
對永恆的愛，真情實感的情操。

愛，雖時有些許的苦澀，
時有倉皇失措的時候。
但在每一個人，愛的心中
卻是那麼地甘之如飴，
也願意努力付出，這就是真愛啊！

她的文采，為不同的情，
織就一幅幅，美麗的景像。
願藉由 陳綺 的詩情文心，

我們對於周圍的人事物，
能不吝嗇地表達關愛之意，
多說些甜蜜，好聽的話。
讓現今逐漸冷漠的社會，多一份溫馨。
強力推薦【情話】。值得你細細閱讀並珍藏⋯

林建良　2005・10月

序《二》　非凡而執著的文心

有一次偶然的機會裡，看到陳綺的詩作，
讓我印象非常深刻。

認識越久越覺得，像 陳綺 這樣的一個朋友，
叫人放心又信賴。
她喜愛寫作，尊重生命，熱情·
她不喜歡炫麗，用自然、愉快，
應和每一位朋友。
在這樣快步的時代與冷感的社會，
還有著詩情詩意，
獨有的情操與對文學的一份執著。

這是陳綺 最非凡的成就。

細讀 陳綺的詩作

有許多生命際遇裡的人和事，
無論是完美的或是不完美的，
從她的想像與角度，
都變成了感人幽情的詩篇。
她的文字與文采，不作誇飾，
追求真與自然的激發下以樸實為主，
陳綺 筆下的長篇或短篇，細緻而典雅，
她的詩文，明晰流暢，
蘊含著萬種情愫。

序言

【情話】包括了
感恩、責任、體諒、勇氣、悲憫。
從【最美的季節】、【相遇】、
【幸福】、直到這本【情話】，
第一次被陳綺的詩感動。
閱讀陳綺的作品，
突然有了對於任何一種情愛，
更多的體悟，在情字這條路，陳綺的詩，
始終為我們開啟著希望之窗。

不絕的愛是大地的夢想
花開像無存留的負載

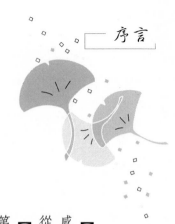

我們拭淚同聽
青春的獨白
「青春的獨白」寫的是，青春的幻滅

這是你渴望的海洋
將賦予
困阨之時
你所需的一切

世界仍有眾神顧不及的地方
讓我們一同分享
淚光憶不起的過往

序言

幻想此刻我們是
擁有幸福最多者

合掌真愛與永恆
萬物的巨窗
希望的翅膀
撫育我們
不朽的靈魂

「慈海」寫的是，對無常的世界，一種體悟。

蜿蜒的祝福
尾隨我們一點一滴

情話

累積成的歲月

離去的光陰
如一幅絢爛的晚景
你我身後的落日
已留下青春的驪歌

即使人生看來
違抗時間與空間的韁繩

為在你生命的另一片春天
我將感恩
燃燒成永恆

序言

願你所有的難題
一一覓得
美麗的出口

「祝福」寫的是，
無論是血親或非血親，要懂得感恩。
這都是 陳綺 筆下，最單純的信念。

人的一生，死亡與生存，
就好像是命運早已安排好的劇本。
「親情」對 陳綺來說，
任何情愛都無法取代。
陳綺的生活美學中，

「親情」是不沾塵埃的，
而且潛藏著平靜而不完美的感動。

唯有你
萬種不凡的慈愛

我才能求得
真善的華冠

【情話】訴盡，悲歡離合是，非常純淨而高貴。
的確，人生多半是如此不圓滿。
我們只能在，一次又一次的失去中，學會成長。
我作為一個實忠讀者，

序言

用我微不足道而又簡單的幾段文行，
來探索我對 陳綺的作品，
印象深刻的地方⋯

回歸自然
圓一場與生命約過的
世代風風雨雨
舞向血親與非血親
為永恆的定義
寫一段
天長地久的情話

妳的詩是

美麗的圖騰
直教不朽的任何情愛
佇立為篇篇淒美

在此，也鄭重推薦，【情話】可是一本好書。

Shelly 2005・10月

目次

目次

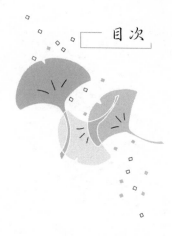

情話

目次

卷《二》 逆境

情話

目次

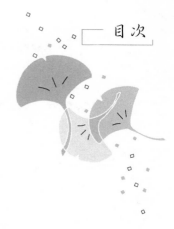

卷《一》

情話

飲一杯
溢滿愛的酒

一語美妙的情話
已然在我心
如愛的音符

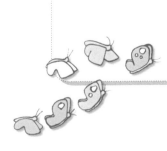

親情

唯有你
萬種不凡的慈愛
我才能求得
真善的華冠

附文

在另一個世界，您過得好嗎？當我決定要做每一件事，您就是我最大的原動力，我知道用您過去僅有的記憶，拼不成我的未來，但我相信，我人生的每一個片斷，您都默默參與，其實您不必太擔心，我還是勇敢的我，真誠的我，我知道人生包括此境，雖然我們都不希望這麼過，將您的慈心，存於我心，願您享得我的成長與成就。

卷一

初戀

雨絲送別
花開花謝的不堪

受驚的微笑
失意的眸
化如一片
憂鬱的洋

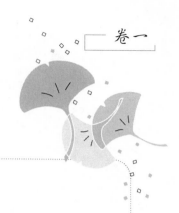

四季

與大地相容的詞彙
與一片絢麗的戀語
寫入我無法演出的
一場理性與感性

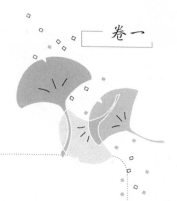

夢

拭不乾的淚
牽腸每一個夜晚的思念

永恆的戀情
尋找
夢開始的回憶

愛情詩

擁你為我
隱隱作痛的愁思
將不偽裝的愛
用失重了的筆
一寫　再寫

附文

愛情；我們是那樣期待，它代表浪漫和無窮的幻想與希望，日升日落，編織著紫色的夢，也慣於寫下，一籃筐的情話。

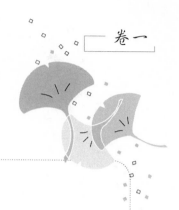

見證

雖然少了
萬水千山
殘月曉風

我的詩情
已大量繁殖

盲

當夢醒來
沈浮的溫存
全成了紫色的吻

一首綿長的愛情
隱形在
未啟程的旅途

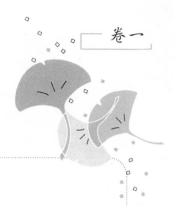

修補

情絲垂落
紫色的夢
編織著
冷豔的舞曲

環繞黑夜的闃寂
修補
錐心繫念的戀情

靜思

深情濃意
山重天外
夢來的慵倦
不到天荒

於是愛
兵荒馬亂中
構成一支
不掙不動的焦慮

卷一

往事

守夜的穆靜
灑去，幽藍的清光
燦陽舒綻
淡淡的繽紛
我霑著最後一次繾綣
與你永恆共憶
塵封已久的往事

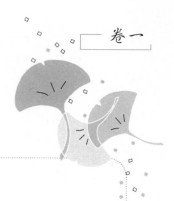

最初的相守

你的氣息
熟悉我疼痛的愛戀

所有的期待
像靜止的風

花裡藏著
你所發出的訊息
夢裡藏著
最初的相守

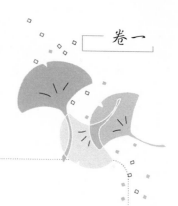

印記

我確信
一個迷失
要溶入
愁緒的夢海不難

我來自
細細綿綿的溫存
重複演出
失了分寸的
柔情萬水

放任

在我們各自不同的想像裡
把你留在我最初的期待
放任自己
與你永不能交會的句點下

換你的相思
換我的無悔

你知道
我該在那裡

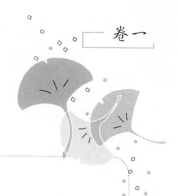

相識

我們的天空
很平靜
彼此面對
你從不慌張
而我
總是失態
那也是因為
你深邃的凝視

愛的擁護

青春是一束束
落寞的過往
你宣佈
不再凍結我去處
讓我自由進駐
你多采的心事
再給我一次
愛的擁護

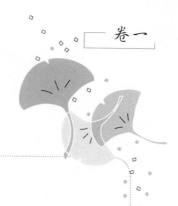

相許

你輕輕閱讀
我愛情的秘密

淚好暖

無法假裝
思念是一種美

終究
我們許下了
不凡的誓言

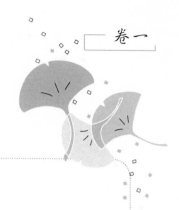

一句話

摘下另一張
獨特的面具
請盡情享樂
我雪花般的魅惑
雨後的勁草——
不再回歸悲劇

夢後的純真——
回響著一句
我・愛・你

卷一

千山萬水

你驚心怵目的承諾
趕不及一場
逐漸蒼老的青春

以不可測知的速度
為你付出一份真愛
用心事儲存
不易示人的情話

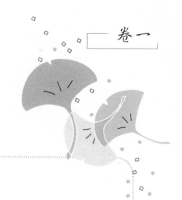

望你永世
擁讀我千山萬水

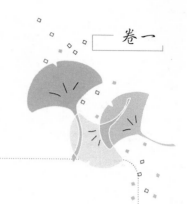

情話《一》

飲一杯
溢滿愛的酒

一語美妙的情話
已然在我心
如愛的音符

你萬種風情的痴心
是否已等了一世

夜已嫵媚成
變調的和弦

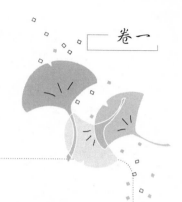

情話《三》

輕輕放下
無法互掌的宿命
鎖住怨悔
用生命的禱詞　化解
疼痛的愛戀

無盡的力量
來自於
你動人的情話

有了你深切的言誓
我可不具名地迷失

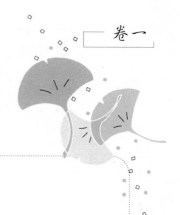

滿

給日子奏起
銀亮的樂音

果實帶來
春天的夢想

在陽光的世界裡
愛情已纍纍

附文

讓黑夜的光芒，帶走屬於昨日的殘骸。生命，將不再失去一切，光燦依舊，瀟灑依舊。

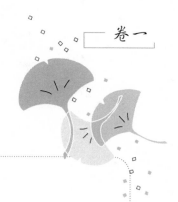

陪你

剪下
新月截獲的純白

穿越
使我驚懼和希望的語句

我與深夜錯過的第一顆星子
陪你

附文

我終將陪伴你，你喜愛的國度裡，我們會擁有永恆的自由，大地因而流下感動的淚，請別告訴我這是在夢中，我願意在當微風起始，讓千變萬化的淚水，任意飄零（此詩觸景：電影：《甜蜜十一月》）

卷一

引愛

夜擁著
銀色的星光

瑰的浮香
從迷夢中醒來
恰似
瀰漫著古典
相傳
未命名的情操

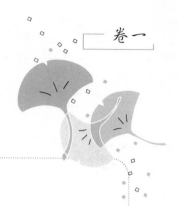

當時間停泊
直到痴頑的情瞳
隱隱發亮

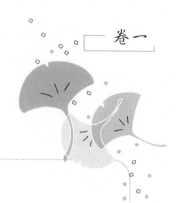

想念

風後
春天像
落葉衰萎的故事
芬芳嚐盡
苦守的茫然

讓我的情　座落於
你遠方黑暗的航

附文

在春天結束之前，就寫好了這首詩，在我生命中，詩就像愛情，可以不斷重逢。

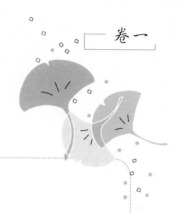

記載

給季節掛飾　花景
青春的歌聲
趕不及見證
相遇別離的真相

記憶已成
不堪空等的休止符

以輕慢的靈感
記載
我心已深處的戀文

附文

今日的我們，心裡想宣告的聲音，總是與眾不同。有許多感受，我一直存於內在，以心為詩，以詩為情，對我而言，這是簡單而坦白。

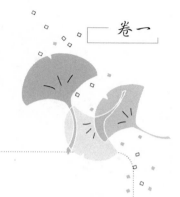

花戀

選了一個
最佳的位子
你可以看得見
我的地方
讓你呼吸到
我愛情的芬芳

請給我一次
善意的微笑
感受我最濃烈的相思

只希望你別帶來太多的失望
我不需要未來
只想看見你明天的目光

附文

離去之後，才懂得珍惜。
或許，我們會找得到，離明天更接近的彼此。

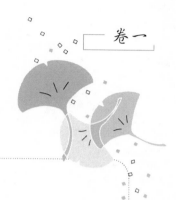

期盼

願你輕輕跌入
我千年緊鎖的守候
不必遲疑
為你無怨的美麗

即使你來遲
我的愛必然流露
你慢慢泛黃的承諾

時光將帶走我們
生死惦記的海誓

附文

被愛的一方是幸福的。
人生有太多的事，只是一剎那，受情卻可以重複上演。

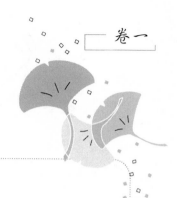

告白

我願是你
璀璨的心

墮落於
你無聲無影的風華

用軟弱般的掙扎
已了然
滾滾紅塵的生死戀

借一縷情話詩詞
讓你深讀
我蒼蒼的告白

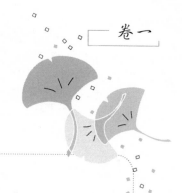

秘密

越過你
防範嚴密的曖昧

恍如
你是我熟悉的王國

任性地
只為一生與你
洩露我所有的秘密

我沒有莊嚴與背叛
容我於韻漾的孤方
為你留下第一個記憶
也傾一首
為愛情作證的詩

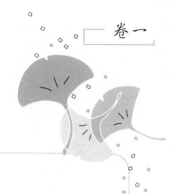

宣示

向世界宣示
一切的波濤已平靜

沈寂的夜空
繁星已滿天

請千萬不要熱情停息
所有屬於我們的一切
儘管是黑夜
依舊是最美

多情的浪子
我們再廝守一世

附文

我們一起站在，同一個點上，是幻是真其實並不重要，只是願意繼續努力撿拾每一個夢。

因為我們彼此相信，有一輪美麗的牽絆，流連在我們心中。

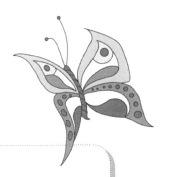

卷《二》

逆境

在相同逆境的出口
眼淚和空氣
複寫
悲歡離合的時光

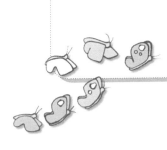

青春的獨白

〔寫於20歲那年〕

不絕的愛是大地的夢想
花開像無存留的負載

我們拭淚同聽
青春的獨白

附文

成長，有時候令人感到不安，不知是否在等待最灰暗的一天，還是等待著更彩色的一天，這是我20歲那年的想法。

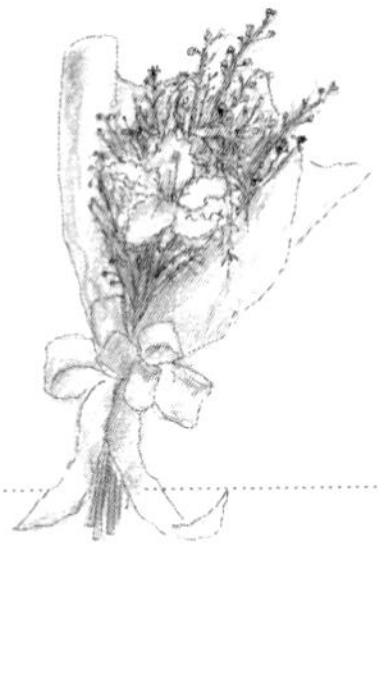

卷二

情一章

星子守著
失眠的夜
回憶，旅行向
浩渺的華辭
紋亂不堪的迷情
寫著
此生懺悔錄

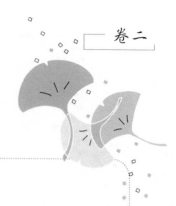

等待

黑夜
往往是最長的一段夢
而徘徊在夢的國度的
是我們孤守了一世紀
失去方位的等待

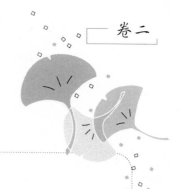

有一種愛

有一種愛
絕不輕吐露
只在
月光和深夜縫隙間
微現

位置

月光是黑夜
朝朝暮暮的希望
卻也連繫不了
加速老去的依戀

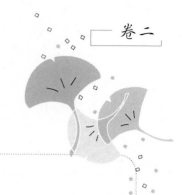

夜，雨

總是莫名丈量
你的座標
——只因為你我
——相看不得戀
不然我們
隱在下一個黑幕
向愛狂奔

傷逝

影子縮短
海風吹向
即將墜海的夕陽

失速的情念
迷路向夜的空茫

我看見遠方有你

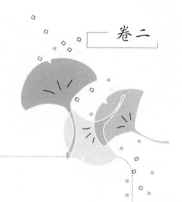

綣詩

如果不深讀
你一張
早已泛黃的記憶
我也不會知道
你久年
結伴而來的相守
已
無限

愁

春天趕來護送
一張單薄的悲傷

思念無法閱讀
摺疊已久的
愛情備忘錄

該如何調味
充滿芬芳的昨日
讓寂寞永遠醒著

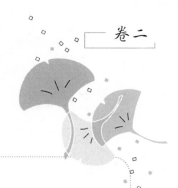

秋天的性格

夜是你
聲聲不息的情餤
九月已飄下
沒有帶多少往事的寒霜

夢在相思著
被遺忘的遠方

我要生命
從芬芳的愛開始

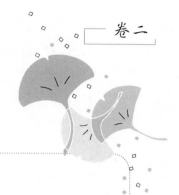

遲

我們的愛
置身何處
或許，我們比較適合
無底的深淵
原始的太陽
早已失去了形態

夜
為何遲遲不來
帶走，沒有席次的星芒

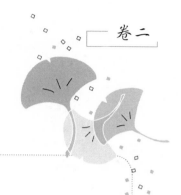

思念

思念是一盞
不眠的燈

尋找
人海中夢一般的你
淒清的雨聲　訴盡
相遇分離的愁緒

往事已悄悄到達盡頭
只是你
無法讓我遺忘

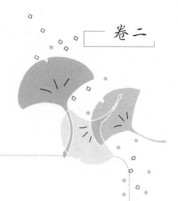

念情

很多的時候
讓自己靠近你一些
深處的旋律
依舊悲涼

十一月已寂寂展開

為何永恆的星星
不再悲傷流淚
為何相思
無法沉沉入夢

卷二

放走

雨霧淒淒
唯有你懂
我不期然的滄桑
我們在一曲戀歌中
相遇別離

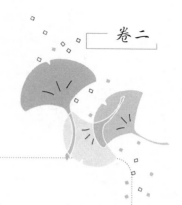

最後
讓傷痛和驚悸
隨著眼淚
一起流失

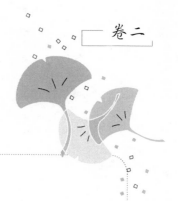

殉身

以幾季的往事
才能夠實驗
不變的鍾愛
命運回歸向
經典的故事

秋已老
只是夢
慌張失措地
殉身於詩海

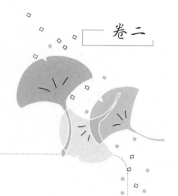

尋

你的誓言
輕輕啟幕

耀眼的星光　訴盡
似懂非懂的
情懷戀事

季節過後
歲月如茫茫的浮雲
讓我們一同點一盞燈
尋找
今生的歸屬

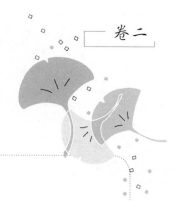

歸期

愛情在磨難的淚水中成長
夜的那頭
是我靈魂的去處
我的足跡
又屬於誰

海風穿過
絕色的晚霞
四季變換著
夢中的天與地

牽腸的詩句
散落於
你注滿相思的歸期

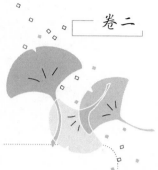

如果有你相依

跟不上你
初散落的夢幻

記憶是否已走遠
愛情如熱浪
承載著
你旋風式的浪漫

如果有你相依
將一切孤單情事
停格於一章章
空白的日記

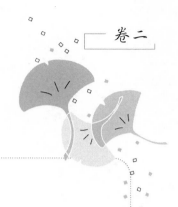

如願

青春蘊含著
美麗的音符

摘一束
　經典的愛情
尋一幅
　綿延千里的永恆
駐足
　所有的等待與祝福

一如願
我的虔誠

附文

祝福人與人之間的處境，祝福真理，祝福那些為義務而殘酷的溝通。

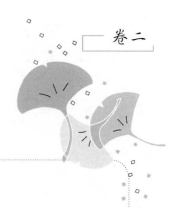

自由

莫非不肯現身的
未曾洗滌的青春

將智慧的靜脈
留給花蜜
擁有隔世的香郁

追隨是為了
無盡的覺醒
相思的長廊
改寫　我永恆的歸依

附文

常常我們需要等到，自己想要的答案。將我們的故事，小心翼翼捧在手心，即使有一天累了，也不會變得脆弱。即使故事的內容是很老套的情節，因為我相信，這一切是值得的。

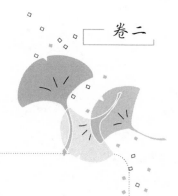

憶往

我向圍繞生命的永恆
一步步踏去
彷彿看見
像夢境一般的光與暗
復別呼喚
情落盡的寒

來時路綣於
你我遠影片刻的紅塵

無人作證的寂寂情懷
待我們最後一次開啟

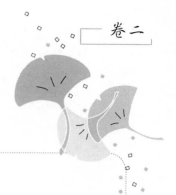

痕

穿越
寂靜的
最初與最後
風乾
遠去的相思
綑綁
你任意綻放的恣情

秋風
快速奔跑向
回憶的窗口
誰來堅挺
僅是過境的
生命風華

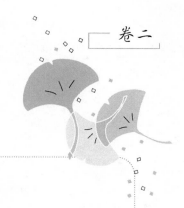

陌路

你存在
我無法測知的遠方
無數個理由
就要我們各自飄落

逐日擴大的思念
是我唯一
遺下的證據

將愛昇向
一片寧靜的星空

因為，你沒有理由
諦聽我一生的訴求

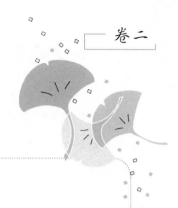

珍藏

時間的洪流
耐心描繪
生命的脆弱

一絲渴望
原是一首
沒有秋伴的悲歌

或許是夜太長
得不到風的迷魅

雖然少了花瓣
那莊嚴的情不自禁
可供整整一世珍藏

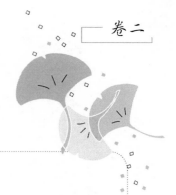

繫

用微笑譜出
纏綿的情歌
只是雨
浸在自己的無奈

在這陌生的旅途
我們用快樂
紛紛送走
失意的夢

淚水只留下
想念的痕跡
直到你愛的言語
擦拭我過多的思念

於是
我開始明白
這是天使寫下的一則童話

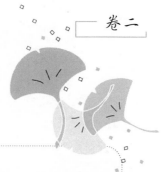

祝福

〔將此送給Jiann寫於2005年5月20日〕

蜿蜒的祝福
尾隨我們一點一滴
累積成的歲月

離去的光陰
如一幅絢爛的晚景
你我身後的落日
已留下青春的驪歌

即使人生看來
違抗時間與空間的韁繩

為在你生命的另一片春天
我將感恩
燃燒成永恆
願你所有的難題
一一覓得美麗的出口

附文

您知道我最不懂得說謊，關於心事，關於外界賦予的一切，感謝您告訴我許多，您的事您的家，造就我今日，更有心更有想法的生活，或許在很多的時候，對您，我只能用文字交談，讓我真心祝福您，我們的親情，我們的友誼，還有我對您一直以來的感恩，永不改變，這是我自豪的使命。

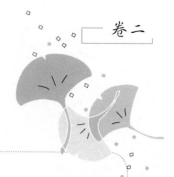

矜持

偷偷停住
倉皇失措的步伐

重疊紛亂的心事
我總是寫著
空白的日記

想念如失去方向的風箏
泛黃的夢
已漸漸習慣
最真實的角色

永不離異的相逢
甘於詮釋
註定的愛情

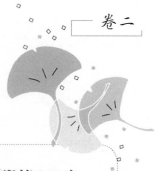

慈海

〔為全球難民孩童寫於1997〕

這是你渴望的海洋
將賦予
困阨之時
你所需的一切

世界仍有眾神顧不及的地方
讓我們一同分享
淚光憶不起的過往

幻想此刻我們是
擁有幸福最多者

合掌真愛與永恆
萬物的巨窗
希望的翅膀
撫育我們
不朽的靈魂

附文

唯有真愛與永恆，能豐盈我們點滴生活，頗奇異的力量，能打動，人間世俗的社會。

祝禱

所有的期待
順著想像的指標
走進你生命
把愛看成
一片彩色的夢境

失落的青春
不再落荒而逃
拼湊一幕
完整的故事

苦澀的眼淚
流淌成
你我共同的語言

孤寂的星芒
從傳說中紛紛醒來
為倖存的戀情　祝禱

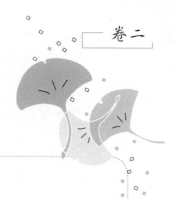

逆境

在相同逆境的出口
眼淚和空氣
複寫
悲歡離合的時光

蝴蝶每一飛
多像你我
一千種羞澀的心跳

願夢帶回一份
熬開後的熾戀
掩藏
顛沛流離的真與假

月光下的曠野
卻一再失衡
夜　顯得異常寒冷

後記

參與〔情話〕的每一個人
還有所有
陳綺　每一本書的
實忠讀者
有諸多的感謝
我很慶幸
有這麼多朋友
默默支持我
讓我這一路走來
所有的辛勞
化為烏有
或許，平常的我
最不善於用言語表達

藉由文字
來傳遞
我任何的情境
讓我們一同
共享共擁
美麗人生　以及
無窮的希望
願世間
在愛的世界
皆能無憾

陳綺 2005

～全文完～

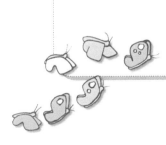

國家圖書館出版品預行編目

情話 / 陳綺著. -- 一版. -- 臺北市 :
秀威資訊科技, 2005[民 94]
面 ; 公分. 參考書目 : 面
ISBN 978-986-7263-81-0(平裝)

851.486 94019809

語言文學類 PG0071

情話

作　　者 / 陳綺
發 行 人 / 宋政坤
執行編輯 / 魏良珍
圖文排版 / 莊芯媚
封面設計 / 莊芯媚
數位轉譯 / 徐真玉　沈裕閔
圖書銷售 / 林怡君
法律顧問 / 毛國樑　律師
出版印製 / 秀威資訊科技股份有限公司
台北市內湖區瑞光路 583 巷 25 號 1 樓
電話：02-2657-9211　　傳真：02-2657-9106
E-mail：service@showwe.com.tw
經 銷 商 / 紅螞蟻圖書有限公司
台北市內湖區舊宗路二段 121 巷 28、32 號 4 樓
電話：02-2795-3656　　傳真：02-2795-4100
http://www.e-redant.com

2005 年 11 月 BOD 一版
定價：150 元

讀　者　回　函　卡

感謝您購買本書，為提升服務品質，煩請填寫以下問卷，收到您的寶貴意見後，我們會仔細收藏記錄並回贈紀念品，謝謝！

1.您購買的書名：______________________________

2.您從何得知本書的消息？

□網路書店　□部落格　□資料庫搜尋　□書訊　□電子報　□書店

□平面媒體　□　朋友推薦　□網站推薦　□其他___________

3.您對本書的評價：(請填代號　1.非常滿意 2.滿意 3.尚可 4.再改進)

封面設計____　版面編排____　內容____　文/譯筆____　價格____

4.讀完書後您覺得：

□很有收獲　□有收獲　□收獲不多　□沒收獲

5.您會推薦本書給朋友嗎？

□會　□不會，為什麼？______________________________

6.其他寶貴的意見：______________________________

____

____

____

讀者基本資料

姓名：____________________　年齡：______　性別：□女　□男

聯絡電話：________________　E-mail：____________________

地址：____

學歷：□高中(含)以下　□高中　□專科學校　□大學

□研究所(含)以上　□其他________________

職業：□製造業　□金融業　□資訊業　□軍警　□傳播業　□自由業

□服務業　□公務員　□教職　□學生　□其他___________

請貼
郵票

To：114

台北市內湖區瑞光路 583 巷 25 號 1 樓

秀威資訊科技股份有限公司　　　收

寄件人姓名：

寄件人地址：□□□

(請沿線對摺寄回,謝謝!)

秀威與 BOD

BOD（Books On Demand）是數位出版的大趨勢，秀威資訊率先運用 POD 數位印刷設備來生產書籍，並提供作者全程數位出版服務，致使書籍產銷零庫存，知識傳承不絕版，目前已開闢以下書系：

一、BOD 學術著作—專業論述的閱讀延伸
二、BOD 個人著作—分享生命的心路歷程
三、BOD 旅遊著作—個人深度旅遊文學創作
四、BOD 大陸學者—大陸專業學者學術出版
五、POD 獨家經銷—數位產製的代發行書籍

BOD 秀威網路書店：www.showwe.com.tw
政府出版品網路書店：www.*gov*books.com.tw

永不絕版的故事・自己寫・永不休止的音符・自己唱